la courte échelle

W9-BHT-589

Les éditions de la courte échelle inc.

Chrystine Brouillet

Née en 1958 à Québec, Chrystine Brouillet habite maintenant Montréal et Paris. Elle publie un premier roman en 1982, pour lequel elle reçoit le prix Robert-Cliche. Par la suite, elle fait des textes pour Radio-Canada, des nouvelles pour des revues et de la critique de littérature policière pour la revue *Justice* et elle continue, bien sûr, d'écrire des romans.

Chrystine Brouillet est l'un des rares auteurs québécois à faire du roman policier. Elle a d'ailleurs mis en scène un personnage de détective féminin. Comme elle aime la diversité, elle travaille présentement à une saga historique franco-québécoise, dont le premier tome, *Marie LaFlamme,* est devenu un best-seller en quelques semaines et dont le deuxième tome, *Nouvelle-France,* vient de paraître.

En 1985, elle reçoit le prix Alvine-Bélisle, qui couronne le meilleur livre jeunesse de l'année, pour *Le complot.* Et en 1991, elle obtient le prix du Club de la Livromanie pour *Un jeu dangereux.* Certains de ses romans sont traduits en chinois. *Les pirates* est le neuvième roman qu'elle publie à la courte échelle.

Philippe Brochard

Philippe Brochard est né à Montréal en 1957 et il a fait ses études en graphisme. Depuis une quinzaine d'années, il collabore à divers magazines et publications pédagogiques. Il fait également des illustrations pour la télévision.

Les pirates est le sixième roman qu'il illustre à la courte échelle.

De la même auteure, à la courte échelle

Collection Roman Jeunesse

Le complot
Le caméléon
La montagne Noire
Le Corbeau
Le vol du siècle

Collection Roman+

Un jeu dangereux
Une plage trop chaude
Une nuit très longue

Chrystine Brouillet
LES PIRATES

Illustrations
de Philippe Brochard

la courte échelle

Les éditions de la courte échelle inc.

Les éditions de la courte échelle inc.
5243, boul. Saint-Laurent
Montréal (Québec) H2T 1S4

Conception graphique:
Derome design inc.

Révision des textes:
Odette Lord

Dépôt légal, 3e trimestre 1992
Bibliothèque nationale du Québec

Données de catalogage avant publication (Canada)

Brouillet, Chrystine

   Les pirates

   (Roman Jeunesse; RJ 39)

   ISBN: 2-89021-180-0

   I. Brochard, Philippe, 1957- . II. Titre. III. Collection.

PS8553.R6846P54 1992   jC843'.54   C92-096065-0
PS9553.R6846P54 1992
PZ23.B76Pi 1992

Chapitre I
Le départ

J'étais tellement en colère contre Stéphanie que je l'aurais étranglée si elle n'avait pas été malade. Il n'y a qu'elle pour attraper la picote en plein été! Deux jours avant de partir pour la colonie de vacances de l'île aux Loups.

Je devrai me débrouiller toute seule.

— Ça pourrait être pire, Catherine, a dit papa, toi aussi, tu pourrais avoir attrapé la picote et être couverte de boutons roses.

Ouache! C'est écoeurant. Je n'en ai pas parlé à Stephy, bien sûr, mais ce n'est pas le moment qu'elle rencontre Jean-Sébastien Turcotte, son nouvel amoureux. Turcotte rime avec picote, mais je ne crois pas que ça ferait rire Stéphanie.

Stéphanie et moi avons choisi l'île aux Loups, car il s'y donne des ateliers de botanique, d'entomologie et d'astronomie. Tout ce qui me passionne! Sur le dépliant de la colonie de vacances, on voit un énorme télescope. Je serai fière de montrer que je sais l'utiliser.

Mais il y a surtout cette épave d'un galion espagnol coulé voilà deux ou trois cents ans… qu'on peut voir non loin de notre île.

Papa est venu me conduire à la gare d'autobus où plusieurs véhicules attendaient mes futurs camarades de vacances.

Tandis qu'il repartait après m'avoir embrassée, j'ai senti qu'on me dévisageait. C'était un garçon, un garçon très ordinaire d'ailleurs. Mais je suppose que Stephy aurait trouvé qu'il avait de beaux yeux. Moi, ça m'ennuie qu'on me fixe; je suis donc montée dans l'autobus. Il m'a suivie! Imaginez-vous ça? Il s'est assis sur le siège voisin du mien.

Il m'a souri:

— Salut, je m'appelle Julien Martineau. Toi?

— Catherine Marcoux.

Il m'a regardée; je ne souriais pas.

— Tu t'ennuies de tes parents peut-être?

J'ai haussé les épaules:

— Je ne suis pas un bébé! Et ça fait

longtemps que je ne m'ennuie plus de ma mère. Elle vit en Californie.

Je mentais un peu, je m'ennuyais toujours de maman, mais je ne voulais pas qu'il croie que j'allais me mettre à gémir comme les petits qu'on entendait au fond de l'autobus.

— Je suis déjà allé en Californie, a fait Julien.

— Ah!

— J'ai beaucoup voyagé. Mon père est ambassadeur.

— Ah!

— C'est génial d'avoir un père ambassadeur: on change sans arrêt de pays.

— Moi, ai-je dit, je détesterais ça, déménager sans cesse. J'aime trop mes amis. Mais, bien entendu, pour s'ennuyer de ses amis, il faut en avoir…

— Hé! Es-tu toujours aussi bête? Je ne pense pas que tu vas te faire beaucoup d'amis pendant les vacances, si tu continues comme ça.

— Je ne t'ai rien demandé.

Je me suis levée et j'ai farfouillé dans le filet au-dessus de nos têtes pour trouver le livre que j'avais acheté la veille. J'étais un peu énervée: j'ai échappé mon bouquin neuf et Julien l'a reçu dans l'oeil. Juré, je ne l'ai pas fait exprès!

— Excuse-moi, ai-je fini par dire.

En se frottant l'oeil, il a marmonné que j'étais non seulement bête, mais dangereuse. Quel bon début de vacances! Tout en me rendant mon livre, il a regardé le titre: *La flibuste.*

— Hé! J'ai lu ce livre l'an dernier. C'est très bon. Tu t'intéresses aux pirates?

— Un peu.

— Tu as choisi l'île aux Loups pour ça. Pas vrai?

— Oui, ai-je admis. J'avais envie de

voir l'épave de Luis-le-Terrible.

J'imagine que je n'étais pas la seule à avoir choisi la colonie de vacances de l'île aux Loups pour cette raison. C'était très excitant de savoir qu'on allait visiter l'épave d'un célèbre flibustier. Luis-le-Terrible avait coulé des quantités de navires et entassé un trésor fabuleux avant d'être victime à son tour d'un abordage. Le Borgne Rouge l'avait vaincu et avait sabordé son galion.

Dans le document sur la région de l'île aux Loups, on nous expliquait que le Borgne Rouge avait poursuivi Luis-le-Terrible à partir de l'Espagne. Et qu'il l'avait enfin atteint sur la côte est des États-Unis.

Évidemment, des centaines de personnes avaient plongé dans les eaux où avait sombré le galion, espérant trouver encore quelques pièces d'or ou des pierres précieuses. Mais il n'y restait plus rien depuis longtemps. C'était seulement une attraction touristique près de la colonie de vacances.

La seule personne qui gagnait de l'argent avec l'épave était monsieur Alphonse, le passeur. Il conduisait les touristes

d'une île à l'autre ou leur louait des chaloupes, des canots ou des équipements de plongée... Il y avait encore des gens assez naïfs pour croire qu'ils dénicheraient le fameux trésor!

— J'ai déjà vu une épave à Saragosse, en Espagne, a fait Julien. J'ai hâte de la comparer avec celle de l'île aux Loups. Mais ici, c'est surtout l'emplacement qui m'intéresse. Je suis passionné d'astronomie! À la colonie de vacances, il y a une sorte d'observatoire. J'espère qu'on verra la nébuleuse América.

— Et la constellation de la Flèche. Et...

Un moniteur m'a interrompue pour faire un petit discours de bienvenue. Il nous a promis qu'on s'amuserait comme des fous. Je me suis penchée malgré moi vers Julien:

— Je me demande bien pourquoi on dit «s'amuser comme des fous»: je ne pense pas qu'on rigole beaucoup dans un asile!

Julien a trouvé ma remarque très juste. J'ai rougi un peu, mais c'était à cause de la chaleur. On étouffait dans cet autobus! Vivement qu'on démarre et qu'il y ait un peu de vent.

Chapitre II
L'arrivée

Pierre Legrand, un moniteur (qui n'est pas grand du tout) nous a distribué une feuille où figuraient tous les renseignements pratiques concernant la colonie de vacances. Il y avait aussi un plan sur lequel on voyait le nom de tous les chalets. J'étais dans celui des Hérons.

On a roulé pendant trois heures avant de s'arrêter pour pique-niquer. Il était temps, je crevais de faim! On a distribué à chacun d'entre nous une petite boîte contenant un petit sandwich, une petite carotte, une petite pomme, un petit gâteau et une petite bouteille de jus d'orange.

— J'espère qu'on va manger un peu plus à l'île aux Loups, a fait une fille à côté de moi.

— J'espère aussi!

— J'ai du chocolat, si tu en veux.

— Merci. Je m'appelle Catherine, mais tout le monde dit Cat.

— Moi, c'est Juliette, mais on me surnomme Jujube, parce que j'adore cette friandise. J'en mange sans arrêt! Souhaitons qu'il y en ait à la cantine. Je l'ai repérée sur le plan: elle est tout près de mon chalet, celui des Hérons.

— C'est aussi mon chalet; on va être ensemble!

— Super! D'habitude, je viens toujours avec ma copine Yolande, mais elle est en Espagne avec sa marraine, cette année!

— En Espagne? a fait Julien. C'est très beau, l'Espagne…

— Oui, on le sait, tu es déjà allé, ai-je dit.

Jujube m'a regardée d'un drôle d'air:

— Vous vous connaissez, tous les deux?

— Non!

Elle a alors souri très gentiment à Julien:

— Tu vas trouver l'île aux Loups bien calme si tu as voyagé en Europe… Regardez, Yoyo m'a même déjà envoyé une lettre.

Jujube a extirpé de son sac une carte qui représentait une scène d'Espagne.

— Où étais-tu l'an dernier? a-t-elle demandé à Julien.

— Je me suis baladé un peu partout, mais j'ai préféré Madrid.

— Es-tu certain d'être allé? ai-je questionné.

Julien a paru surpris:

— Oui. Pourquoi?

— Parce que tu m'as dit que tu avais vu une épave à Saragosse. C'est en plein milieu de l'Espagne. Pas sur le bord de la mer. Ton épave était une épave volante? Qui s'est posée à Saragosse par enchantement?

Julien a blêmi et nous a tourné le dos aussi sec.

— Je déteste les menteurs, ai-je ajouté.

— Il s'est trompé de ville, voyons! Quand on voit des tas d'endroits en même temps, on ne sait plus où on est. Il a l'air gentil. Et il a de beaux yeux. Tu ne trouves pas?

Je n'ai pas eu à répondre, un moniteur sifflait. On devait rembarquer dans l'autobus. Pour deux heures encore. Inutile de préciser que nous étions tous très contents d'arriver à l'île aux Loups. Il y avait d'immenses chaloupes pour nous emmener jusqu'à l'île, c'était très chouette. Je me suis assise à côté de Jujube qui, elle, a fait signe à Julien de nous rejoindre. Qu'est-ce que je pouvais faire?

— La nuit est claire, a dit Julien. J'espère qu'on va aller dès ce soir à l'observatoire.

— Moi, je fais toujours un voeu quand je vois une étoile filante, a déclaré Jujube.

Moi aussi, mais je ne l'ai pas avoué: je n'aurais pas voulu qu'on s'imagine que j'étais superstitieuse.

Nous avancions vite et nous voyions maintenant très bien notre île. Tous les bâtiments étaient peints de couleurs vives. Ça donnait une impression de gaieté à la colonie de vacances. Il y avait, au débarcadère, trois loups en bois si bien sculptés qu'on aurait cru qu'ils allaient se mettre à hurler.

C'est plutôt un hululement qu'on a entendu et Jujube a aussitôt attrapé Julien par le bras. Comme elle était peureuse!

— Il y a de vrais loups? a-t-elle bredouillé.

— Ce n'est pas un hurlement, mais un hululement de chouette, a dit Julien. Il n'y a plus de loups sur l'île depuis que

les contrebandiers l'ont quittée.

— Ils y habitaient avec les loups?

— Oui, durant les années de la prohibition, quand il était défendu de vendre de l'alcool. Pour protéger leurs réserves de rhum, les bandits avaient dressé des loups à tuer. On avait même fini par surnommer les contrebandiers «les Frères des Loups».

21

— Chut! ai-je murmuré. Le directeur fait l'appel.

Après nous avoir désigné nos chalets, le directeur a dit:

— Vous avez une heure pour installer vos affaires, puis tout le monde se retrouve à la cantine. On vous a préparé un fameux repas!

Jujube a soupiré d'aise: je pense qu'elle est encore plus gourmande que moi.

— Et ce soir, il y a un giga-feu de camp pour fêter votre arrivée, a ajouté Marie-Josée Dumont.

Marie-Josée, c'était la responsable de notre chalet. Une grande blonde au grand nez et à la bouche cerise qui riait tout le temps. Elle accolait le mot giga — abréviation de gigantesque — à tout ce qu'elle disait. Elle nous a d'ailleurs suggéré d'aller nous changer en giga-vitesse dans notre giga-chalet. On l'a vite surnommée Marie-Giga.

On a rangé nos vêtements, puis on s'est réunis autour d'un feu de camp, sous un ciel constellé d'étoiles. Julien a demandé à Pierre Legrand de nous conduire à l'observatoire, mais ce dernier a refusé.

Il prétendait que nous étions trop fatigués. Je suis heureuse que ce ne soit pas le moniteur de notre chalet: il a peur de tout. Il passait son temps à nous dire de ne pas trop nous approcher du feu. On n'est pas des bébés, tout de même! On est habitués depuis longtemps à faire griller de la guimauve!

Avant de m'endormir, j'ai entendu encore une fois un hululement. Et Jujube qui commençait à ronfler...

***

J'ai rêvé à Julien! Quelle drôle d'idée! Il était habillé en matador, mais il s'opposait aux autres toreros qui voulaient pourfendre le taureau. Je lui jetais des nénuphars pour l'encourager.

Si j'ai fait ce rêve, c'est sûrement parce qu'on a parlé de l'Espagne et que j'ai aperçu des nénuphars en embarquant dans la chaloupe hier. Je l'ai raconté à Jujube qui s'est moquée de moi:

— C'est un rêve ridicule! Moi, j'aurais lancé des roses! Et j'aurais porté une robe à volants!

— Pour l'instant, ai-je marmonné, on ferait mieux de s'habiller, car on va être en retard pour l'appel!

Ouf! On est pourtant arrivées à temps pour entendre le clairon indiquant le lever du drapeau. Pierre Legrand et une autre monitrice nous ont expliqué le programme de la journée.

D'abord, la baignade (c'était bien la peine de s'habiller!), puis le petit déjeuner, puis les cours d'équitation, de tir à l'arc, de judo, de yoga, d'entomologie, de céramique, de dessin et d'astronomie. Et les jeux de ballon, l'hébertisme et le théâtre. Je ne risquais pas de m'ennuyer!

J'ai plaint Stéphanie d'être couchée devant la télévision; c'est bien d'être malade durant l'année scolaire, mais pas durant les vacances!

Marie-Giga a sifflé pour nous entraîner vers la baie. Brrr! L'eau était plutôt froide, mais j'ai quand même nagé jusqu'à un gros rocher. En grimpant dessus, j'ai pu voir Julien qui restait en retrait sur la rive, à jouer avec le chien de la colonie de vacances.

Je suis revenue vers la grève et après m'être séchée, je l'ai taquiné:

— Alors? On manque de courage? L'eau n'est pas assez chaude pour celui qui est habitué à la Méditerranée?

— Non, mais j'aime bien Rex. Avant, j'avais un chien qui lui ressemblait beau-coup. Il s'est fait écraser au printemps.

J'ai toussé, mal à l'aise, et j'ai changé de sujet:

— Quelle activité as-tu choisie après le repas? Moi, je ferai du tir à l'arc, ai-je dit.

— Moi, j'ai choisi le tir à la carabine. Je connais les armes à feu, car mon grand-père était colonel dans l'armée.

— Je pensais que tu opterais pour l'astronomie.

— Le moniteur va donner un cours général, ce n'est donc pas la peine d'y aller ce matin. C'est l'observation qui m'intéresse.

Ça, je m'en étais aperçue: Julien passait son temps à me regarder! Comme il portait des lunettes, j'avais l'impression d'être examinée au microscope. D'ailleurs, il était encore en train de me fixer; je l'ai planté là.

En me dirigeant vers le chalet, je me demandais pourquoi Julien me regardait sans arrêt.

— Hé! À quoi penses-tu? m'a demandé Jujube. Au beau Julien?

— Quoi! Qui? Tu es stupide! Je le trouve très énervant!

— Mais tu es toujours en train de lui parler!

— C'est lui qui me parle. Pas moi.

Marie-Giga est entrée dans le chalet à ce moment:

— On se dispute? Allez! Souriez et venez plutôt manger! Les muffins aux cerises sont giga-bons!

Elle avait raison. J'étais en train d'en

manger un troisième quand Jujube a brandi son appareil photo:

— Viens, je vais te photographier avec Julien!

— Mais pourquoi?

Jujube s'est impatientée:

— Mais pour envoyer des photos à Yolande en Espagne!

Julien a enlevé ses lunettes lorsque Jujube a pris ses photos. Il a les yeux aiguemarine. Stephy adore cette couleur; ça me ferait quelque chose à lui écrire!

On s'est enfin dirigés vers nos ateliers respectifs. J'ai découvert qu'en faisant un peu d'exercices, je me débrouillerais bien avec un arc et des flèches. J'en ai parlé à Jujube.

— Je ne peux pas en dire autant! at-elle gémi. Je suis vraiment mauvaise au tir à la carabine. Mais il y a pire que moi!

Elle a pouffé de rire avant de m'expliquer que Julien n'avait vraiment aucun talent.

— Pourtant, il m'a dit qu'il connaissait très bien les armes à feu! C'est un menteur!

Jujube a soupiré:

— Tu ne comprends donc rien?

— Comprendre quoi?

— Julien est amoureux de toi!

Je me suis étouffée: Jujube délirait!

— Me... tu... te trompes! ai-je lancé avant de pivoter sur mes talons.

Julien? Amoureux de moi? Ça n'avait aucun bon sens!

Chapitre III
L'épave

Chère Stephy!
Je suis complètement découragée.
Il y a ici un garçon qui est amoureux de moi!

J'ai déchiré ce début de lettre. C'était la quatrième fois que je recommençais. Mais j'avais l'impression d'être tellement ridicule! Finalement, j'ai choisi d'être simple:

Chère Stephy,
Il fait très beau ici. Et je me suis fait une amie: Jujube (c'est un surnom). Elle est gentille, mais elle prétend que Julien (c'est un garçon de la colonie de vacances) est amoureux de moi. Ce n'est pas parce qu'il a des yeux bleu foncé que je vais l'aimer.
De toute manière, c'est un menteur qui n'arrête pas de se vanter. Et il m'énerve beaucoup.

Je suis excellente au tir à l'arc. Julien, lui, est très mauvais à la carabine. J'espère que tu vas mieux et que tu n'as plus de boutons.

À bientôt,
Ton amie Cat

Quand j'ai terminé ma lettre, il faisait noir. Pierre Legrand attendait près du feu de camp ceux qui voulaient aller observer les étoiles. Il nous a fait un millier de recommandations. Il avait peur qu'on se perde en forêt ou quoi?

On a marché environ trente minutes avant de grimper sur le promontoire où se trouvaient l'observatoire et un super télescope.

C'était splendide: on pouvait voir la Grande Ourse, la Petite et le Chariot. Et aussi, selon Julien, les constellations du Cygne, de la Lyre, les étoiles doubles d'Albiréo et surtout, l'amas d'Hercule. Je dois admettre que Julien est très calé en astronomie. Il est même meilleur que moi...

Alors qu'on rentrait, il m'a demandé:

— Tu n'as rien remarqué de bizarre, Catherine?

— De bizarre?

— Il me semble que j'ai vu un canot longer l'épave.

— En pleine nuit? Tu inventes n'importe quoi.

Julien a soupiré:

— Non! Il y avait des gens! Je suis prêt à le jurer!

— Tu rêves! Les histoires de corsaires, c'est bien fini! Henry Morgan est mort depuis longtemps!

— Henry Morgan n'était pas un corsaire, mais un pirate! Ou plutôt un flibustier, puisqu'il écumait la mer des Caraïbes. Et je te prouverai que j'ai raison! a décrété Julien avant de courir vers le feu de camp.

Raison? Raison de quoi?

Dans mon livre, on racontait effectivement qu'Henry Morgan était un flibustier: il n'avait pas reçu de lettre du roi l'autorisant à piller les navires. Ça ne l'a pas empêché de semer la terreur jusqu'à Panama...

Le lendemain, on est justement allés visiter l'épave.

Visiter est un grand mot: Pierre Legrand ne voulait pas que personne plonge aux alentours. Il craignait qu'un morceau de l'épave ne s'effondre et nous blesse. On a simplement tourné autour en chaloupe. On ne voyait rien!

C'était bien peu! D'autant plus qu'au moment où on arrivait, deux ou trois adultes repartaient dans le sens opposé.

J'étais déçue:

— Mais le dépliant de la colonie de vacances disait qu'on pouvait marcher sur le pont! Les autres nageurs sont partis; on ne les dérangera pas! Si monsieur Alphonse, qui guide les touristes depuis des années, les a amenés, c'est qu'il n'y a pas de danger!

— Je voulais voir la grande vergue! Et la hune! a ajouté Julien. Ce n'est pas juste! Tout le monde a le droit d'y aller, sauf nous!

— Ces gens qui viennent de partir sont des adultes. Et je n'en suis pas responsable. Il y a eu un accident très grave au début de l'été: un campeur s'est coincé la jambe dans l'épave et a failli se noyer. Je n'ai pas envie que ça se reproduise.

— Mais il n'est pas mort, non? Si un de nous est en péril, on va s'en rendre compte tout de suite!

32

Pierre Legrand a secoué la tête:

— Non, c'est non. De toute manière, ce n'est que du bois pourri. Allons plutôt ramasser des bleuets à l'île aux Fruits.

On lui a obéi, mais j'ai dit à Julien que je n'irais plus aux séances d'astronomie de Legrand.

— Moi non plus, a fait Julien. Je vais plutôt attendre que tout le monde soit couché pour en profiter tout seul.

— Tu irais à l'observatoire en pleine nuit?

Julien a hoché la tête:

— Tu ne me crois pas?

— Non.

— Tu verras. Va ce soir à l'observatoire et laisses-y un vêtement: je te le rapporterai demain matin.

J'ai fait une moue d'incrédulité; aurait-il vraiment le courage de s'enfoncer seul en pleine forêt dans une totale obscurité?

Je lui ai dit que je laisserais mon chandail rouge sur un des bancs de l'observatoire.

Julien m'a souri avec assurance.

Jujube est alors venue vers nous avec son appareil photo:

— Cat, veux-tu me photographier devant l'épave avec Julien? C'est pour Yolande.

J'ai pris son appareil tandis que Jujube, elle, prenait Julien par le cou. Il continuait à sourire. Je crois que j'ai raté la photo et que j'ai coupé leurs têtes, mais je ne m'en suis pas vantée, car Pierre Legrand nous a interpellés, furieux:

— Venez! Vous êtes toujours à traîner derrière! On vous attend pour embarquer dans les chaloupes.

Vraiment, il était bien énervé! On n'avait pas l'impression d'être en vacances, mais à l'armée!

Jujube a continué à prendre des photos, puis elle a prêté son appareil à Julien qui voulait photographier une vieille souche couverte de champignons.

— Tu sais, Julien, tu peux faire toutes les photos que tu veux, a dit Jujube, j'ai aussi un flash au chalet.

— Ton appareil fonctionne donc la nuit?

— Ça devrait... Je ne sais pas trop. Papa m'a donné cet appareil juste avant mon départ pour l'île aux Loups.

Julien l'a remerciée en lui donnant toute sa récolte de bleuets. Je m'en fous, j'avais assez des miens! D'ailleurs, c'est bien tant pis pour Jujube, car elle en a trop mangé et elle a été malade. Elle n'est pas venue danser autour du feu et elle ne nous a pas accompagnés à l'observatoire non plus. J'ai failli ne pas y aller, mais Julien aurait été trop soulagé que je ne relève pas son défi.

J'y ai donc laissé mon chandail rouge.

Chapitre IV
Un trésor au fond de l'eau

Et Julien m'a rapporté mon chandail le lendemain matin, juste avant le lever du drapeau…

— Ce n'est pas tout, a indiqué Julien. J'en ai profité pour faire des photos au flash avec l'appareil de Jujube. Et j'ai encore vu des gens se rendre à l'épave cette nuit. J'ai eu tout le temps de les observer avec le télescope. Ils étaient deux. Un plongeait et revenait ensuite vers la chaloupe, au milieu de la baie, puis repartait. Je n'ai pas entendu ce qui se disait, mais c'étaient des voix d'hommes.

— Tu me jures que c'est vrai?

— J'ai pris des photos! Je me suis approché du mieux que j'ai pu de la grève après avoir quitté l'observatoire. Crois-tu que ces hommes ont découvert le trésor de l'épave?

— Pour quelle autre raison iraient-ils rôder autour de l'épave en pleine nuit?

— Pourtant, l'épave a été visitée des centaines de fois par des milliers de plongeurs et personne n'a jamais rien trouvé.

— Tu te souviens de ce que Pierre

Legrand a dit? Qu'un touriste s'était coincé une jambe… Peut-être qu'en le dégageant, on a déplacé un mât… Non! Plutôt le gouvernail!

— Le gouvernail?

— J'ai lu qu'un pirate cachait toujours son trésor à l'intérieur du gouvernail. Les mouvements des sauveteurs ont fait bouger l'épave, l'ont peut-être même déséquilibrée, et le trésor est apparu.

Julien avait l'air sceptique:

— Mais pourquoi ne l'a-t-on pas découvert à ce moment-là?

— Tout le monde devait être affolé si le touriste risquait de périr noyé! Il fallait faire très vite! Personne n'aura remarqué qu'un petit coffret…

— Non! Au contraire! Deux touristes l'ont remarqué. Mais ils n'ont rien dit aux autres pour ne pas partager le trésor. Ils se sont tus et ils ont décidé de revenir plus tard.

— Alors pourquoi doivent-ils faire plusieurs voyages? ai-je objecté. Si le butin du pirate était fabuleux, avec des chandeliers en or et des grandes croix serties de pierres précieuses, les touristes l'auraient vu au moment de l'accident!

— Mais comme ils n'ont rien vu, mur-mura Julien, c'est certainement un petit trésor.

— Dans ce cas, un seul voyage aurait suffi pour ramener le coffret de pierres précieuses.

— À moins que le coffret ne se soit ouvert… Et que les pierres ne soient épar-pillées dans l'épave! Ou au fond de l'eau!

Julien s'est penché vers moi en chu-chotant:

— Ils devront multiplier les expédi-tions nocturnes s'ils veulent tout récupé-rer. Et ce n'est pas sûr qu'ils y arriveront. Fouiller au fond de la baie! Tu te rends compte! On pourrait y aller, nous aussi! Tenter notre chance! Si on trouve des diamants, je pourrais m'acheter une ca-méra vidéo et…

J'ai fait signe à Julien de se taire:

— Moi, je me rends compte surtout que Pierre Legrand n'a pas voulu qu'on visite l'épave.

Julien m'a dévisagée avec stupeur:

— Alors, ce serait lui qui aurait dé-couvert le trésor?

Puis il a claqué des doigts:

— C'est incroyable! Je viens de me

souvenir qu'il y a un flibustier qui s'appelait Pierre Le Grand.

— Quoi?

— C'est écrit dans ton livre, à la fin: ce pirate se trouvait aux Caraïbes en 1635. Il a attaqué un galion espagnol. Il a peut-être rencontré le Borgne Rouge. Et Luis-le-Terrible.

— Tu crois que c'est l'ancêtre de notre moniteur? Il aurait entendu parler du trésor par ses aïeuls? Tout se tient! Il se fait engager comme moniteur pour empêcher les campeurs de visiter l'épave. Et, durant la nuit, avec un complice, il tente de dénicher le trésor!

— Qu'ils doivent cacher ensuite; ce ne sont pas les endroits qui manquent… L'île aux Fruits, l'île aux Castors ou même ici.

— Non, pas sur l'île aux Loups. Il y aura une course au trésor après-demain; on va fouiller partout pour trouver le trophée. Ce serait trop risqué qu'un de nous ou même qu'un moniteur mette la main sur le vrai trésor! Il est caché sur une autre île.

— Il faudrait y aller pour voir s'il y a des traces de pas, des indices qui prouvent que nos suspects y étaient cette nuit!

J'ai espéré alors qu'ils n'aient pas vu Julien. Sinon, il était en danger: Pierre Legrand voudrait se débarrasser de lui!

— On devrait en parler à Marie-Giga!

— Et si elle était la complice de Legrand? On n'a pas de preuves de sa culpabilité à lui, encore moins à elle. Mais tout est possible.

Tandis que Julien parlait, j'essayais de réfléchir. Dans toute cette histoire, il y avait un détail qui ne collait pas. Mais je ne parvenais pas à déceler lequel…

Julien continuait à parler:

— Attends qu'on ait développé les photos: peut-être qu'on verra mieux de qui il s'agit. On aura ainsi des preuves. Sinon, personne ne nous croira. On ira à l'atelier de photo tout à l'heure. Il y a une chambre noire.

— Vas-y avec Jujube. Après tout, c'est son appareil. Et elle t'aime beaucoup.

— Moi aussi, je l'aime bien. Elle est gentille.

— C'est long, développer des photos? ai-je demandé.

— Je ne sais pas.

— Moi, je vais aller à l'atelier de tir au fusil.

— J'espère que tu seras meilleure que moi, a fait Julien en souriant.

Puis il a agité les bras pour faire signe à Jujube de nous rejoindre.

— Tu te sens mieux? a dit Julien.

Jujube a fait une petite grimace:

— Un peu. Mais je ne mangerai plus jamais de bleuets! Brrr! Il fait frais ce matin. J'aurais dû mettre un chandail.

— Tiens, prends le mien, a fait Julien. Je n'ai pas froid.

Jujube a fait mine d'hésiter, elle a battu des paupières, puis elle a fini par mettre le pull jaune fluo.

Elle flottait dedans, mais ne semblait pas s'en rendre compte.

On a sonné le lever du drapeau, on a mangé, puis Julien et Jujube sont partis pour l'atelier de photo.

En tout cas, ils ne sont pas aussi bons que moi au tir à la carabine: le moniteur a dit que j'étais très douée.

En sortant du stand de tir, j'ai croisé Marie-Giga. J'en ai profité pour lui demander si on ne pourrait pas visiter l'île aux Castors. Et retourner à l'île aux Fruits.

— Il reste encore des bleuets à la cuisine, si tu en veux.

— Non, c'est pour cueillir des champignons.

— C'est trop dangereux! Si tu t'empoisonnais?

— Je sais différencier une amanite vireuse d'un faux mousseron!

Marie-Giga a secoué la tête:

— Toi oui, mais les autres? Si tous tes camarades décident de t'imiter, l'un d'entre vous souffrira sûrement d'une intoxication alimentaire…

— On pourrait aller quand même à l'île aux Castors?

— Il n'y a rien à voir là, a fait Pierre

Legrand en venant vers nous. Il n'y a que des arbres rongés par des bêtes.

— Il doit y avoir un barrage? Ce serait intéressant!

— Pourquoi pas? a dit Marie-Giga.

— Mais non, on doit préparer le jeu de nuit.

Marie-Giga m'a fait un petit sourire en s'excusant. On irait un autre jour, voilà tout. Je ne pouvais pas lui expliquer que les pistes seraient effacées à ce moment-là... Je devais avoir l'air dépitée quand Julien et Jujube m'ont rejointe pour la partie de volley-ball.

J'ai remarqué que Jujube portait toujours le pull de Julien, même si le soleil tapait maintenant très fort. Elle allait mourir de chaleur... Mais j'avais des choses vraiment plus importantes à l'esprit!

— Alors? Les photos sont bonnes?

— On ne les verra que demain, a déclaré Julien. Il faut qu'elles sèchent.

— Ça ne prend pas une journée! me suis-je exclamée.

Jujube nous a regardés d'un air bizarre:

— Pourquoi êtes-vous si pressés de voir ces photos?

Julien a répondu immédiatement:

— Parce que j'ai fait un pari avec Cat: elle prétend que les photos que j'ai prises vont être ratées. J'ai hâte de lui prouver le contraire.

Je n'ai rien ajouté, mais j'étais contente que Julien n'ait pas parlé de sa découverte nocturne à Jujube. Comme il l'a dit, elle est bien gentille, mais très bébé. C'est normal, on a huit mois et demi de différence.

Jujube tripotait son appareil photo. Elle l'avait repris après le match (qu'on a perdu):

— Je suis certaine, Julien, que tes photos vont être belles. Je vais en envoyer à Yolande en Espagne. Si tu nous racontais ton voyage là-bas?

Décidément, elle faisait l'intéressante… Pour une fois, j'étais contente que Pierre Legrand nous ramène à l'ordre:

— Encore à traîner! On vous attend pour une revanche au water-polo. Il faut vaincre le chalet des Ours!

Tout en parlant, le moniteur ne cessait de regarder Jujube et il a fini par lui demander si elle se sentait mieux. Si elle avait bien dormi la veille.

— Ah… Plus ou moins. Mais ça va bien maintenant, merci.

— Tu n'es pas obligée de jouer, si tu te sens encore faible.

— Non, non, ça va.

Pierre Legrand lui a tapoté la joue, puis nous a répété qu'il fallait qu'on batte le chalet des Ours.

Chapitre V
Monsieur Alphonse

Si Pierre Legrand avait pu deviner! Nous avions des préoccupations plus graves qu'une partie de ballon! Je ne me suis même pas rendu compte que l'eau était froide! Et je n'ai même pas savouré notre victoire.

Je pensais sans cesse aux plongeurs que Julien avait vus lors de son expédition nocturne.

Lui aussi y songeait. Avant le repas, il est venu vers moi:

— Imagine le bruit que toute la bande de la colonie de vacances va faire cette nuit! Nos pirates n'iront certainement pas sur la baie ce soir! On pourrait donc visiter l'épave en paix.

J'ai frissonné:

— Tu veux qu'on plonge à la noirceur? Si Pierre Legrand nous disait la vérité? Et si c'était réellement dangereux de rester coincé?

— Cat! Réfléchis! Il y avait des plongeurs quand nous sommes arrivés près de l'épave, hier.

J'ai claqué des doigts:

— Alors, on fait fausse route! Pierre Legrand n'a pas voulu qu'on visite l'épave, mais n'a pas paru gêné que des adultes le fassent. S'il voulait protéger un trésor, il aurait été furieux de voir des plongeurs près de l'épave.

Julien a haussé les épaules:

— Peut-être. Cependant, il ne pouvait pas les engueuler devant nous. Ni les chasser. On doit visiter l'épave pour comprendre toute cette histoire. Et ce soir est le seul moment où on peut y aller sans que nos pilleurs y soient.

— Tu crois que personne ne nous verra partir en chaloupe?

— Non, justement, le jeu de nuit se déroule en forêt. Loin de la baie, pour éviter les accidents. J'ai entendu Marie-Giga le dire à un autre moniteur.

J'ai écouté Julien avec attention et j'ai fini par admettre que son idée était plutôt bonne. Si tout se déroulait comme prévu, on percerait le secret de l'épave avant la fin de la soirée.

— Je te préviens tout de suite que Jujube va essayer de te suivre durant le jeu de nuit, ai-je dit à Julien.

— Jujube? Pourquoi?

— Elle est amoureuse de toi, c'est évident! Tu l'ignorais?

Julien a soupiré:

— Qu'est-ce que je vais faire d'elle?

— À toi de juger. Si elle te plaît…

— Je la trouve seulement gentille, a répondu Julien avant de m'expliquer le plan de l'expédition en détail.

— C'est un très bon plan, ai-je dit, mais on devrait interroger monsieur Alphonse avant notre escapade nocturne.

— Le passeur?

— C'est lui qui est le mieux placé pour remarquer un va-et-vient insolite, non?

— Oui, allons-y maintenant! a lancé Julien.

— Mais on vient de sonner la cloche de la cafétéria pour annoncer le repas!

— Justement, a fait observer Julien, c'est le meilleur moment. Il y a une grande animation, personne ne remarquera notre absence. As-tu très faim?

J'ai secoué la tête négativement, même si j'étais déçue de rater la pizza.

Heureusement, j'ai trouvé quelques framboises sur la route qui menait au chalet de monsieur Alphonse.

Il sirotait un petit verre de cognac dans une chaise berçante, tout en caressant une loutre.

— Elle s'appelle Giroflée. Elle peut jouer durant des heures.

— C'est difficile à apprivoiser, une loutre?

— Mais non, il suffit d'un peu de douceur... Qu'est-ce que vous faites par ici, les enfants? Vous êtes perdus?

— Non, on voulait vous parler de l'épave, a dit Julien.

— De l'épave?

— Oui, ai-je fait. On est venus à l'île aux Loups exprès pour visiter l'épave et notre moniteur nous a à peine permis de nous en approcher. On a pensé que...

— Que je pourrais vous y amener? Hélas non, je ne peux pas prendre cette responsabilité.

— Mais vous avez amené des touristes hier midi.

— Ce n'est pas pareil, a dit monsieur Alphonse avant de vider son verre.

Il avait une expression butée et j'ai

pensé qu'il valait mieux ne pas insister.

— De toute manière, on ne venait pas pour ça. Tout ce qu'on désire, c'est que vous nous parliez de l'épave.

— Oui, a approuvé Julien. Racontez-nous ce que vous savez sur les pirates, le trésor ou les gens célèbres qui sont venus visiter l'épave.

Monsieur Alphonse s'est resservi un verre de cognac. Puis il nous a raconté tout ce qu'il connaissait au sujet du Borgne Rouge, de Luis-le-Terrible, de la route du rhum, des pirates et des contrebandiers qui ont hanté l'île aux Loups durant les années de la prohibition. Il y a très longtemps de cela, je n'étais même pas née!

— C'est vraiment passionnant, a conclu Julien. Bien plus excitant que ce qui s'y passe aujourd'hui.

— Tu as raison, mon garçon, a marmonné monsieur Alphonse. Les touristes qui viennent ici ne s'intéressent qu'à l'argent; ils rêvent tous de découvrir le trésor et de s'en emparer.

— Ah oui? ai-je demandé en mimant la surprise. Mais s'il y avait vraiment un trésor, quelqu'un l'aurait trouvé depuis longtemps.

— Évidemment, a fait monsieur Alphonse. Mais il y a des types qui auraient dynamité l'épave s'ils n'avaient craint de pulvériser le trésor. C'est un trésor fantôme: il n'y en a pas. Ça fait dix ans que je suis passeur, j'ai plongé moi-même des centaines de fois… je l'aurais découvert.

— J'imagine qu'il y a des gens qui vous ont offert de vous payer pour pouvoir s'approcher de l'épave durant la nuit. J'ai entendu dire qu'il y a des personnes qui collectionnent les morceaux d'épaves. Ils aimeraient sûrement rapporter un morceau du galion chez eux…

— Je n'ai jamais accepté qu'on mutile l'épave!

— Mais peut-être que ces gens peuvent se rendre à l'épave durant la nuit, sans que vous vous en aperceviez?

— Je les entendrais, voyons! Et je les recevrais avec ma carabine! Elle n'est jamais bien loin de moi. Toujours sous mon lit, prête à servir!

Il s'est levé, est entré dans son chalet de pêche. Il en est ressorti avec l'arme à feu. Je n'aimais pas qu'il se balade avec ça, car je trouvais que sa démarche n'était pas très assurée. Je crois qu'il avait un peu trop bu.

Julien a admiré la carabine, puis il a serré la main de monsieur Alphonse:

— Merci beaucoup. C'était super! On doit maintenant rentrer, sinon notre moniteur va nous engueuler.

— Qui c'est, votre moniteur?

— C'est Pierre Legrand.

— Il est gentil. Très gentil. C'est lui qui m'a donné le cognac. Avant, il m'avait apporté une bouteille de rhum. J'aime ça, le rhum.

— Comme les contrebandiers! a noté Julien.

— Il n'y a pas de contrebande ici! a vociféré monsieur Alphonse.

— Je n'ai jamais dit ça, a fait aussitôt Julien. Je faisais allusion à la fameuse route du rhum dont vous nous avez parlé tout à l'heure. Vous vous en souvenez? Durant les années de la prohibition.

— Une bien mauvaise époque: les gens n'avaient pas le droit de boire de l'alcool! Ce n'est pas comme aujourd'hui. Ah oui! Pierre est gentil de me donner du cognac.

J'étais en train de me dire que monsieur Alphonse radotait quand il a ajouté:

— Gentil. Très gentil. Et c'est un savant. Un grand savant!

— Un savant? me suis-je exclamée.

— Chut, c'est un secret. Un grand secret. Un grand secret gentil. Je vais aller me coucher maintenant.

Il s'est endormi aussitôt dans sa chaise, sans avoir eu besoin d'être bercé!

Julien et moi sommes revenus en discutant:

— Si monsieur Alphonse boit autant tous les soirs, il doit dormir comme une bûche et ne rien entendre de la nuit! a conclu Julien. On doit vraiment aller à l'épave!

— J'aurais bien voulu savoir en quoi Pierre Legrand est si savant.

— Ce n'est pas en astronomie, en tout cas.

— Ni en botanique, il ne connaît aucun champignon!

— Alors? En quoi peut-il briller?

— C'est un mystère, un de plus, ai-je soupiré.

Chapitre VI
Un coup de téléphone à Stéphanie

Nous sommes arrivés à temps pour manger, mais finalement je n'avais pas faim. La perspective de notre expédition me nouait l'estomac. J'ai décidé de téléphoner à Stéphanie pour lui demander son avis; j'étais tellement habituée à enquêter avec elle.

Mais comment pénétrer dans le bureau du directeur où se trouvait le téléphone?

Avec la complicité de Julien... Il devait attirer l'attention du directeur et parvenir à le faire sortir de son bureau. Il le retiendrait ensuite assez longtemps à l'extérieur afin que j'aie le temps de consulter Stephy.

— Le problème, ai-je expliqué à Julien, c'est que je ne vois pas sous quel prétexte tu vas pouvoir lui parler...

— Je trouverai bien, ne t'inquiète pas.

Il a quitté la cafétéria cinq minutes avant moi et il s'est rendu au bureau du directeur. Quand je me suis glissée derrière le bâtiment principal, je l'ai vu qui causait avec le directeur. Je me suis aussitôt introduite dans le bureau et j'ai appelé Stephy. Elle paraissait surprise de m'entendre. Je lui ai fait part de nos soupçons concernant le trésor.

— Mais Cat, je ne comprends pas pourquoi tous ces gens se cachent pour pêcher le trésor. Je passe tout mon temps devant la télé et j'ai vu un reportage là-dessus cette semaine. Ce n'est pas interdit de fouiller une épave. Mais il faut donner une partie du butin au gouvernement. Comme le faisaient les corsaires.

— Et si on ne déclare pas le trésor, on le garde en entier!

— Peut-être… Mais pour trouver des pierres précieuses au fond de l'eau, ça prend un équipement sophistiqué, avec un super éclairage. Quelqu'un finira bien par les voir… Comment est Julien?

— Sympathique.

— Juste sympathique? Il est beau?

— Il est blond. Et il a les yeux bleus.

— Chanceuse!

— Pourquoi dis-tu que je suis chanceuse?

Stéphanie a pouffé de rire:

— Voyons, Cat, c'est évident que vous êtes en amour!

— Tu dois avoir encore de la fièvre. Il vaudrait mieux que tu te recouches!

J'ai raccroché très vite. De toute manière, Julien allait bientôt revenir avec le directeur. Je suis ressortie du bureau discrètement. Si discrètement que, tapie derrière la porte, j'ai entendu la fin de leur conversation.

Je me suis sentie très gênée d'avoir si souvent été bête avec Julien. Le directeur lui parlait de sa mère:

— Ça va finir par s'arranger, mon garçon. Tu sais, on guérit des tas de maladies aujourd'hui. Je suis certain qu'à la fin de l'été, elle ira beaucoup mieux. Si ton père n'a pas téléphoné, c'est parce qu'il n'y a pas de changement! C'est une bonne nouvelle. Ça veut dire que l'état de ta mère ne s'est pas aggravé.

— Oui, ça doit être ça. Bon, je vais aller mettre mon chandail pour le jeu de nuit.

— Et une bonne paire de souliers! En forêt, il faut être bien chaussé. Tu le répéteras à tes camarades.

Julien a fait oui, puis il est parti. Je l'ai rattrapé vingt secondes plus tard.

Je ne savais pas si je devais lui dire ce que j'avais entendu. Mais comme je joue très mal la comédie, j'ai préféré la franchise.

— Julien, j'ai écouté la fin de votre entretien. Je ne savais pas que ta mère était malade. Qu'est-ce qu'elle a?

Il est devenu tout rouge et il a serré les dents.

— Julien, ai-je repris, ce n'est pas par curiosité. C'est juste que je ne savais pas. Sinon, j'aurais été plus fine.

— Je n'ai pas envie de faire pitié.

— Tu ne fais pas pitié. Tu es trop courageux et intelligent pour faire pitié. Mais si tu dis que je suis ton amie, tu peux me parler de ta mère... Quand tu en auras envie.

Julien a regardé loin devant lui le soleil qui se couchait sur la baie derrière les îles, puis il m'a confié d'une voix rauque:

— Maman est un peu... bizarre.

— Bizarre?

— Elle a fait des dépressions. Et elle est maintenant dans une maison de repos. Parce que sinon, il faudrait la sur-

veiller tout le temps. Elle a parfois envie de mourir. Tu comprends?

J'ai hoché la tête, je lui ai dit que ça devait quand même l'aider, d'avoir un fils aussi gentil que lui.

— C'est parce que ma mère est malade et que je ne peux pas suivre mon père partout que je passe tout l'été ici. Tu le sais, les ambassadeurs voyagent beaucoup. Mais ce n'est pas toujours drôle pour moi. C'est pour ça que j'arrange un peu la réalité: je raconte les choses à ma façon.

Toi, tu vas repartir dans deux semaines?

— Pas sans toi! lui ai-je répondu très vite.

Julien m'a souri doucement:

— Tu vas rester ici?

— Non, tu vas venir avec moi et Stéphanie au chalet! Mon père va être d'accord, j'en suis certaine!

Je lui ai parlé de la montagne Noire:

— Je te le jure! Tu vas repartir en même temps que moi!

Il m'a fait un clin d'oeil, puis il a regardé sa montre:

— Bon, dépêchons-nous! Les autres doivent se demander ce qu'on fabrique!

Il n'avait pas tort; Jujube nous attendait au pied du mât du drapeau, sur la grande place. Elle boudait, même si elle portait toujours le chandail de Julien.

— Ah! Jujube! On te cherchait! s'est écrié Julien.

Elle a semblé interloquée:

— C'est moi qui vous cherchais! On forme les équipes pour le jeu de nuit. Cat, tu es dans l'équipe cinq et toi, Julien, dans l'équipe trois.

Je n'avais pas besoin de demander à Jujube si elle était aussi dans l'équipe trois; elle avait l'air tellement contente! Moi, je l'étais moins, mais Julien m'a fait un petit signe de tête qui voulait dire que c'était mieux ainsi: on pourrait s'éclipser plus facilement.

***

Facilement? Facile à dire! Il y avait l'espèce de peureux de Michel-Olivier qui ne me quittait pas d'une semelle! C'est bien simple, il marchait dans mes traces de pas! Il avait un petit rire nerveux et répétait:

— Où est le grand méchant loup? Méchant loup, méchant loup?

Un vrai bébé! Pire que Jujube!

J'ai fini par lui piler sur le pied de toutes mes forces en lui criant bouh! dans les oreilles! Ça l'a calmé. Ensuite, il s'est mis à marcher plus près de Josiane qui était toute fière d'ouvrir la marche. Elle se prenait pour une monitrice…

Les autres membres de l'équipe la suivaient sans discuter. Ils semblaient tous intéressés par le jeu de nuit. Le principe était simple: il fallait rapporter l'emblème d'une équipe adverse que les moniteurs avaient caché en forêt. Amusant…

Mais bien moins palpitant que l'expédition projetée avec Julien!

Il m'attendait depuis dix minutes quand j'ai réussi à fausser compagnie à ma troupe. Il m'a tendu une lampe de poche sous-marine.

— Où as-tu déniché ça?

— Chez Jacques, le moniteur de natation. Je me suis souvenu qu'il a dit qu'il faisait parfois de la plongée.

— Et si c'était un de nos suspects?

— Il ne trouvera pas sa lampe ce soir. Mais avant qu'il devine qui la lui a empruntée, on a le temps d'examiner l'épave. Mets ta ceinture de sécurité et poussons doucement la chaloupe. On ramera plus tard, quand on sera un peu plus loin.

La lune était pleine et donnait des reflets argentés aux cheveux de Julien. Ça lui allait très bien. Ses yeux avaient la couleur des vagues, la couleur du ciel, un bleu presque noir, très profond. J'oubliais presque le but de notre expédition lorsque j'ai aperçu le bout du grand mât de l'épave.

— Ça y est. Nous y sommes. Il s'agit maintenant de ne pas traîner.

Comme prévu, nous nous sommes attachés par un long câble aux bancs de la chaloupe pour prévenir un accident. Puis on a plongé. J'étais trop excitée pour sentir la fraîcheur de l'eau!

J'ai sursauté en me cognant le pied contre un bout de bois tout glissant. J'ai pensé à une pieuvre! Je suis remontée aussitôt, puis je suis redescendue en suivant cette fois Julien qui tenait la lampe.

On a plongé plusieurs fois. Au moins douze. Et je commençais à en avoir marre et à croire qu'on ne trouverait rien quand j'ai vu briller quelque chose. J'ai fait signe à Julien. En approchant, on a constaté que c'était un petit bout de plastique qui luisait entre deux planches de bois.

J'allais remonter, furieuse d'avoir trouvé un déchet, mais Julien m'a retenue; il a tiré doucement le plastique et extirpé un sac. D'un coup de palme, on s'est propulsés vers le haut et Julien m'a dit:

— Tu crois qu'on doit ouvrir le sac?

— On rembarque dans la chaloupe et on essaie de l'examiner. Mais sans lampe de poche, sinon on sera repérés!

On a déballé le sac avec mille précautions pour ne pas l'abîmer. À l'intérieur,

il y avait cinq autres petits sacs, tous bien fermés. Il fallait pourtant en ouvrir un pour savoir ce qu'il contenait. On a déchiré un morceau de papier collant: en touchant avec le bout de mon doigt, j'ai deviné que c'était du papier.

— Du papier? Montre!

Julien a élargi le trou que j'avais fait

et on a vu, à la lumière de la lune, que c'était un billet de cent dollars! Cent! Par paquets de cinquante ou de cent ou de mille coupures!

— C'est le trésor! a chuchoté Julien. Qu'est-ce qu'on fait?

— On le ramène à la colonie de vacances! Si on raconte tout au directeur, ça va obliger les suspects à avouer qu'ils ont découvert le trésor les premiers. Ça voudra dire qu'ils voulaient le garder pour eux seulement. Ils devront bien partager avec nous!

— Et avec le gouvernement… On devrait essayer de trouver d'autres sacs.

— Mais puisqu'on reviendra avec le directeur.

— Tu as raison! Et en plus, on gèle!

On a ramé en silence; j'imaginais ce que je pourrais m'offrir avec tout cet argent. D'abord, j'achèterais toutes les cassettes de tous mes chanteurs préférés. Puis un super téléviseur, des lunettes de soleil et une montre tigrée.

On est enfin arrivés au quai. Et j'ai compris que je n'aurais jamais ma télé, mes lunettes et mes cassettes.

— Julien! Les billets de cent dollars!

— Quoi?

— C'est de l'argent volé! Ce n'est pas le butin des pirates! Ces billets sont contemporains. De notre époque! Ils n'ont pas trois cents ans! Le naufrage du Borgne Rouge est censé avoir eu lieu au dix-septième siècle... Et ce n'était pas de l'argent canadien, mais espagnol!

Julien s'est tapé le front de la paume de la main:

— Misère de misère! Tu as raison! Mais qu'est-ce que cet argent fait là? Il faut bien que quelqu'un l'ait caché dans l'épave... En tout cas, si on l'a dissimulé ainsi, c'est qu'on avait de bonnes raisons. C'est sûrement le fruit d'un vol! Ou...

— Ou quoi?

— Si c'était de la fausse monnaie?

— Et qui s'amuserait à pêcher de la fausse monnaie?

— Ceux qui en font le trafic.

Julien a secoué la tête aussitôt:

— Non, je raconte n'importe quoi. Ça ne tient pas debout! Quel intérêt les faux-monnayeurs auraient-ils à cacher l'argent dans une épave? Un vol est plus vraisemblable. Je suppose que les bandits ont commis, il y a quelques mois, un vol à

70

main armée. Ils auront caché leur butin dans l'épave pour éviter de se faire prendre en dépensant trop subitement beaucoup d'argent.

— Si les coupures provenaient d'une banque, les enquêteurs avaient peut-être les numéros de série des billets. En attendant plusieurs mois, nos voleurs ont pensé que la vigilance des policiers se relâcherait. Comme celle des commerçants.

— Des commerçants?

J'ai expliqué à Julien qu'en cas de vol, on doit avertir les commerçants de la ville. On leur demande d'être méfiants:

— On leur donne même peut-être les numéros des billets!

Julien m'a arrêtée en souriant:

— Tu lis trop de romans policiers! Penses-tu que les vendeurs des magasins ont le temps de vérifier les billets de cent dollars qu'on leur remet pour payer des skis ou une veste de cuir?

— Oui, si quelqu'un arrive avec un gros paquet! Ils ont la liste des numéros des billets volés.

— Ça ne leur sert à rien en ce moment, puisque les billets sont au fond de l'eau…

— C'est une excellente cachette!

Mon ami a fait une drôle de tête:

— À condition que personne ne la découvre... Je me pose la question depuis des heures: pourquoi Pierre Legrand n'était-il pas furieux de voir des touristes rôder autour de l'épave?

— Parce qu'ils n'ont rien trouvé; avec ses jumelles, Pierre pouvait voir s'ils avaient des sacs dans leur chaloupe. Ils n'étaient pas très loin de nous.

— Et si on se trompait? Si Pierre Legrand n'était pour rien dans toute cette histoire?

— Quel casse-tête!

Chapitre VII
L'attentat

Tout en cherchant des réponses à nos questions, on a attaché la chaloupe au quai. Puis on a caché le sac de billets sous un tas de roches que la marée ne pouvait atteindre. Et on est revenus. On avait très peur d'être surpris et on sursautait chaque fois qu'une branche craquait!

Mais on est restés figés sur place quand on a entendu un épouvantable cri, suivi de plusieurs autres, puis d'une sorte de rumeur. On s'est mis à courir. Nous n'étions pas les seuls!

C'était l'affolement général dans l'enceinte de la colonie de vacances. On n'osait pas demander ce qui se passait, car on aurait dû être là et le savoir. J'ai fini par repérer Michel-Olivier qui gémissait près du drapeau:

— C'est effroyable! ai-je lancé, en espérant qu'il me commenterait le drame qui venait de se produire.

— Ah oui! Cette pauvre Jujube!

J'ai senti mon coeur qui battait à la vitesse du son!

— Elle n'aurait pas dû rentrer seule! Même si elle avait froid! Les moniteurs nous avaient dit de ne pas nous séparer. D'ailleurs, toi aussi, on t'a perdue!

— Jujube…

— J'espère qu'ils vont la sauver. Mais elle est peut-être restée trop longtemps dans l'eau. Pierre Legrand lui a fait le bouche-à-bouche et un massage cardiaque, mais…

Je suis partie en courant vers l'infirmerie; je me sentais coupable d'avoir tenu Jujube à l'écart de notre expédition nocturne. Si elle était venue avec Julien et moi, elle ne se serait pas noyée! Mais pourquoi donc avait-elle décidé de se baigner si elle avait froid? Et en pleine nuit?

Julien était déjà rendu à l'infirmerie et n'en menait pas large, lui non plus. Les moniteurs essayaient de nous disperser et de nous renvoyer dans nos chalets, mais personne ne voulait aller se coucher sans savoir si Jujube était hors de danger.

— Ah! s'est exclamée Marie-Giga en me voyant. Au moins, toi, tu es saine et

sauve! Où étais-tu passée?

— J'avais perdu une de mes barrettes et je l'ai cherchée, mais mon groupe a continué sans se rendre compte que je ne le suivais plus. Alors, je suis revenue sur mes pas.

Marie-Giga a soupiré longuement:

— Quand j'ai vu Pierre enfoncé jusqu'aux épaules pour repêcher Jujube, j'ai cru que j'allais m'évanouir!

La porte de l'infirmerie s'est ouverte et Pierre Legrand en est sorti:

— Bonne nouvelle: Jujube respire normalement.

— Il faut tout de même appeler une équipe médicale, a proposé Marie-Giga. Au cas où Jujube aurait une commotion cérébrale.

— Je m'en charge immédiatement, a affirmé Pierre en rentrant dans l'infirmerie. Mais pour l'instant, elle dort paisiblement.

— Elle s'en sort, a dit Julien tout en me prenant la main.

J'étais bouleversée, mais je ne l'ai pas retirée. J'ai même serré la sienne et j'ai entraîné Julien. On s'est dégagés du groupe, puis j'ai murmuré à Julien que je redoutais le pire.

— Mais elle est pourtant sauvée!

— Je crois que quelqu'un a tenté de la tuer.

— Quoi?

J'ai avoué à Julien mon inquiétude: les plongeurs nocturnes l'avaient-ils vu quand il les a photographiés?

— Ils t'ont aperçu; on en a la triste preuve maintenant.

— Je ne comprends pas…

— Jujube a trimballé son appareil photo toute la journée. Tu as travaillé au flash; on doit voir les éclairs de cet appareil du milieu de la baie. Et ton chandail jaune fluo, celui que tu as prêté à Jujube.

Julien a bégayé:

— Je… Non, ils ne pouvaient pas voir le flash… Mais… Tu… ils ont pris Jujube pour moi?

— Ou plutôt ils ont pensé que c'était elle qui les avait surpris. Comme si Jujube pouvait avoir ce genre d'idée! Pauvre elle!

— C'est horrible ce que tu dis! Il faut faire arrêter Pierre Legrand tout de suite!

— Par qui?

— On va en parler au directeur. Il appellera la police.

— Et si le directeur est complice?

— Oh non! C'est impossible! a protesté Julien.

— Je sais qu'il est gentil avec toi, mais il nous faut des preuves. Nous devons d'abord voir tes photos.

Julien a hoché la tête:

— Heureusement que j'avais le téléobjectif! Allons à l'atelier de photographie.

Une mauvaise surprise nous attendait: téléobjectif ou pas, flash électronique ou pas, les photos étaient beaucoup trop sombres pour qu'on distingue quoi que ce soit... Ou qui que ce soit...

— On n'est pas tellement avancés... Qu'est-ce qu'on fait maintenant?

J'ai regardé Julien sans répondre; je ne savais vraiment pas quelle décision prendre. Appeler la police? Nos parents?

— Il faut monter la garde auprès de

Jujube. Julien, tu te souviens que Marie-Giga a dit qu'elle est arrivée au moment où Pierre Legrand tirait Jujube de l'eau?

— Oui. Et alors?

— Il ne la tirait pas de l'eau, mais il devait s'apprêter à la noyer après l'avoir assommée, au moment où Marie-Giga s'est manifestée. Il essaiera peut-être de tuer Jujube cette nuit pour l'empêcher de parler quand elle se réveillera.

— Elle nous raconterait que Pierre l'a attaquée! Elle dira tout à l'équipe médicale!

— L'équipe médicale? Elle ne viendra jamais! C'est Pierre qui devait l'appeler...

— Mais il ne l'a pas fait, a chuchoté Julien. Ce n'est pas dans son intérêt qu'un médecin découvre que Jujube a été assommée ou qu'elle a été asphyxiée parce que quelqu'un a tenté de la noyer.

— Cependant Pierre doit sentir que les choses se gâtent... Il ira certainement à l'épave cette nuit.

— Il faut qu'on y aille aussi, a déclaré Julien.

— Il faut pourtant rester au chevet de Jujube... Même si Marie-Giga est auprès d'elle; notre monitrice ne sait pas que Jujube est en danger.

— Passe la nuit auprès de Jujube, tandis que j'irai à l'épave.

— C'est trop dangereux!

— On n'a pas d'autre solution!

Tout en revenant vers l'infirmerie, Julien m'a fait remarquer que nos pilleurs d'épave allaient sûrement avoir une réaction violente en constatant qu'ils avaient été volés à leur tour.

— Ils vont se trahir en voulant récupérer leur argent. Tout cet argent, d'ailleurs, n'est-ce pas une preuve suffisante pour téléphoner à la police?

— Tu as raison; essayons de nous faufiler jusqu'au bureau du directeur.

— Il doit être encore à l'infirmerie. Profitons-en.

On s'est glissés sans problème dans le bureau et on a appelé la police. Le poste le plus près de l'île aux Loups est situé dans un petit village et on a eu beaucoup de difficultés à obtenir la communication.

Pour ce que ça nous a aidés!

Le policier qui nous a répondu n'a pas du tout cru notre histoire de contrebandiers, de pirates, d'épave et de trésor volé.

Il nous a dit que ce n'était pas la première fois que des petits plaisantins appelaient de la colonie de vacances pour raconter des histoires de flibustiers et de monstres marins. On a eu beau insister, jurer qu'on disait la vérité, le policier nous a raccroché au nez en riant.

— On devrait peut-être demander de l'aide à monsieur Alphonse, a proposé Julien. Lui pourrait convaincre les policiers. C'est un adulte et ça fait des années qu'il travaille dans l'île.

— Et s'il a trop bu? Ils ne le croiront pas davantage.

— Non, j'irai le voir à l'aube. Il sera sobre à ce moment-là. En attendant, je vais aller vérifier ce qui se passe près de l'épave.

— Et moi, je file à l'infirmerie; je vais dire à Marie-Giga que je veux dormir avec Jujube parce que je suis trop inquiète pour elle.

Je n'exagérais rien. Je regardais Marie-Giga et Jujube dormir en me demandant ce qui allait nous arriver. Si parfois je m'assoupissais, je rêvais aussitôt que les pilleurs d'épave venaient nous égorger. Quelle nuit!

Et quelle matinée!

À six heures du matin, j'enviais les oiseaux qui chantaient avec tant de plaisir, alors que moi, j'étais morte d'angoisse en songeant à ce qui avait pu arriver à Julien.

Il avait promis de venir me raconter ce qu'il avait vu près de l'épave avant d'aller parler à monsieur Alphonse. Je l'attendais depuis que le jour s'était levé, mais il n'apparaissait toujours pas!

Dans moins d'une heure, les autres campeurs s'éveilleraient; si on constatait que Julien avait disparu, ce serait la pa-

nique! Et Pierre Legrand devinerait qu'on s'était mêlés de ses affaires.

Je devais tenter de retrouver Julien!

Je devais d'abord retrouver monsieur Alphonse pour savoir s'il avait vu Julien. Peut-être que mon ami avait simplement changé ses plans et qu'il était allé voir monsieur Alphonse avant de se rendre à l'épave?

Chapitre VIII
À la recherche de Julien

J'ai quitté l'infirmerie silencieusement après avoir réglé un réveil qui sonnerait cinq minutes après mon départ. Ça réveillerait Marie-Giga; elle serait donc consciente si un intrus pénétrait dans l'infirmerie pour nuire à Jujube. Un intrus que j'imaginais davantage en train d'ennuyer Julien…

J'ai couru jusqu'au chalet de monsieur Alphonse, j'ai frappé à sa porte. Un coup. Deux coups. Trois coups. Rien. J'ai recommencé. Ma parole! Il était sourd!

À moins qu'il ait été inconscient? D'avoir trop bu ou d'avoir reçu un coup sur la tête? J'ai essayé de pousser la porte, sans succès. Il ne me restait que la fenêtre: après avoir regardé à l'intérieur, au cas où monsieur Alphonse n'aurait pas été seul, je me suis glissée vers lui. Il était couché sur le ventre. Je me suis approchée, le coeur battant: respirait-il encore?

Oui. Je lui ai secoué le bras et il a tressailli. Je suis allée chercher de l'eau pour lui asperger la figure et je revenais vers lui quand j'ai entendu tousser derrière moi.

Je me suis retournée en souriant, certaine de voir Julien.

C'était Pierre Legrand.

Il tenait une des carabines du stand de tir. Il la pointait vers moi:

— Maintenant, tu vas me dire ce que tu fais ici. Où est passé ton petit copain?

— Je suis somnambule; je ne sais pas comment je suis venue jusqu'ici.

Pierre Legrand a ricané méchamment:

— Tu te crois spirituelle? Tu le seras un peu moins quand je t'abandonnerai à l'île à la Tortue.

— À Haïti? À l'île des Boucaniers? C'est normal, pour un flibustier…

— Tu sais très bien que je parle de l'île qui est beaucoup plus loin que l'île aux Ours. Tu ne pourras jamais la fuir à la nage. Et comme c'est une île de sable et de galets, aussi lisse que le dos d'une tortue, justement, je crois que tu auras bien faim. Dommage pour une fille gourmande comme toi.

— Tu ne ferais pas ça!

— Oh si! À moins que tu me dises où est passé Julien. Il m'a échappé cette nuit, mais tu vas m'aider à le retrouver.

Julien n'était donc pas prisonnier des

pilleurs d'épave? Super! J'ai caché ma joie du mieux que j'ai pu en secouant la tête:

— Je ne sais pas où il est!

— Arrête de mentir, sinon tu vas le payer cher!

— Mais je ne mens pas! Je suis venue ici parce que je m'inquiétais au sujet de Julien! J'espérais que monsieur Alphonse puisse m'aider.

Pierre Legrand a éclaté de rire:

— Ça, ça m'étonnerait. Il s'est endormi, complètement ivre!

— C'est de ta faute! C'est toi qui lui as donné du cognac!

— Ça lui plaisait bien… Et à moi aussi. Je n'avais pas envie qu'il se mêle de mes affaires. Même si j'avais pris mes précautions pour qu'il garde le silence sur ce qu'il verrait.

— Quelles précautions?

— Je lui ai dit que j'étais un ichtyologiste.

— Un quoi?

— Un spécialiste des poissons. Et qu'en tant que savant, je cherchais, avec mon équipe scientifique, à filmer une sorte de truite très rare qui vivait dans l'épave… Le pauvre vieux a tout gobé!

— Ce n'est pas comme nous! On sait très bien ce que vous trafiquez dans l'épave! Et…

— Et quoi?

J'allais dire que les policiers viendraient bientôt les capturer, mais je me suis tue. Inutile d'inquiéter Pierre Legrand. Il se douterait alors, comme moi, que Julien était parti chercher du renfort.

Tout en me demandant intérieurement vers qui Julien s'était dirigé, j'ai répondu à Pierre que je voulais ma part du trésor.

— Qu'est-ce que tu dis? Tu veux de l'argent?

— Eh oui! Je ne vois pas pourquoi vous seriez les seuls à en profiter… Je veux m'acheter une télévision, un magnétoscope et quelques autres bricoles. Ça prend des sous. Et mon père refuse de m'en donner. Toi et tes complices, vous serez plus compréhensifs, j'en suis certaine.

Pierre Legrand était visiblement surpris:

— Tu ne veux pas parler du trafic de drogue aux policiers?

Le trafic de drogue? Mais qu'est-ce

qu'il me racontait? J'ai fait semblant de comprendre:

— Pas question que j'aille tout dire à la police. Qu'est-ce que ça me donnerait? Je veux juste ma part.

— Tu t'es déjà servie en volant le sac de billets.

— Il y en a beaucoup d'autres, j'en suis certaine… Si c'est vrai que vous trafiquez de la drogue, il doit y avoir encore de l'argent à gagner. À condition que votre drogue soit de bonne qualité.

— Notre cocaïne est très pure! Et notre client est très satisfait. Ce n'est pas le genre d'homme qui enverrait ses gars plonger à l'épave pour de la cochonnerie!

Ça y est! Je comprenais: les touristes qui nageaient autour de l'épave venaient, en fait, cacher des billets pour payer la drogue. Ils devaient en prendre livraison le lendemain et la rapporter au trafiquant pour lequel ils travaillaient... Pour être certaine que j'avais deviné juste, j'ai dit à Pierre Legrand:

— C'est parce que tu avais peur qu'on trouve des petits paquets de coke que tu nous interdisais d'aller visiter l'épave? Ou parce que tu craignais encore plus pour tes sacs de billets?

— Avec des fouineurs de votre espèce, on ne prend jamais trop de précautions! Et pourtant, Julien et toi avez tout découvert!

— Monsieur Alphonse ne se doutait de rien?

— Mais non! C'est juste un ivrogne!

— Il est très gentil! Je l'aime bien.

Pierre Legrand a ricané de nouveau:

— Formidable, je vais donc plutôt vous enfermer ici ensemble... Tu vas d'abord le ligoter. Puis j'en ferai autant avec toi. Je n'ai pas l'intention de partager le fruit de mon trafic, j'ai assez d'un complice! Toi, tu vas malheureusement brûler dans l'incendie du chalet... On croira que c'est Alphonse qui a mis le feu quand il était ivre! Allez, va chercher la corde qui traîne dans le coin.

Je n'avais pas fait un pas qu'on m'a jetée à terre: monsieur Alphonse ne dormait pas et avait tiré sa carabine de dessous sa couverture.

— Calme-toi, sac à vin, a dit Pierre Legrand. Je vise bien mieux que toi...

Avant qu'il finisse sa phrase, monsieur

Alphonse tirait un premier coup de feu. Pierre Legrand a riposté et touché à la cuisse monsieur Alphonse qui a tiré de nouveau. Il n'a pas atteint Pierre, mais le panache d'orignal qui se trouvait au-dessus de la porte. Le panache a assommé Pierre en tombant.

Je me suis ruée sur monsieur Alphonse:

— Merci, vous m'avez sauvé la vie! Oh! Mais vous saignez énormément! Je vais aller chercher du secours!

Monsieur Alphonse a dit courageusement:

— Ça ne me fait pas mal, petite.

— Voulez-vous boire un verre d'alcool en attendant?

Monsieur Alphonse m'a souri doucement:

— Je n'en ai pas besoin. Je suis amplement satisfait à l'idée de t'avoir débarrassée de Pierre Legrand… Cours vite trouver Julien.

— Mais où est-il?

— Ici, a fait une voix à l'extérieur.

Deux secondes plus tard, Julien entrait par la fenêtre, puisque Pierre Legrand, inanimé, bloquait le passage à la porte. Je me suis jetée dans les bras de Julien

sans réfléchir. Puis je me suis reculée; je
devais être aussi rouge que lui. Heureusement, il y a eu aussitôt une diversion:
des policiers enfonçaient la porte.

Ils se sont précipités sur monsieur

Alphonse et un d'entre eux lui a fait un garrot, tandis qu'un autre passait des menottes à Pierre Legrand.

J'ai raconté à Julien ce qui s'était passé, puis il m'a expliqué à son tour qu'il était allé chercher du renfort en emportant avec lui le sac de billets qu'on avait trouvé:

— J'ai emprunté la vieille bicyclette de monsieur Alphonse et j'ai foncé au poste de police. Cette fois, ils m'ont cru!

Un policier est venu vers nous:

— Je me sens coupable de ne pas vous avoir écoutés la première fois, mais chaque été, il y a des campeurs qui nous dérangent pour rien. Acceptez mes excuses. Et mes félicitations! On savait qu'il y avait un trafic de drogue dans le coin, mais on n'avait pas deviné que les bandits utilisaient l'épave pour ce trafic. Depuis le temps que ce petit manège dure, Roger «la fourmi» Tremblay et sa bande ont amassé des milliers de dollars!

— Un vrai trésor, ai-je dit.

— Les trésors, c'est vous, a marmonné monsieur Alphonse avant de s'endormir parce qu'on lui avait fait une piqûre.

Un policier nous a rassurés:

— Monsieur Alphonse sera bientôt de retour chez lui. Et vous, je vous ramène. Vous avez bien besoin de dormir, si j'en juge par vos petites mines.

On n'a pas pu se coucher immédiatement: Jujube avait tout à fait repris ses esprits et voulait absolument savoir ce qui était arrivé. Je lui ai tout dit.

Enfin presque… je n'ai pas raconté que Julien viendrait passer le reste de l'été avec moi, à la montagne Noire. Et que je le trouvais de plus en plus beau. C'est mon secret. Et ça vaut bien un trésor!

Table des matières

Chapitre I
Le départ 9

Chapitre II
L'arrivée 17

Chapitre III
L'épave 29

Chapitre IV
Un trésor au fond de l'eau 37

Chapitre V
Monsieur Alphonse 49

Chapitre VI
Un coup de téléphone à Stéphanie 59

Chapitre VII
L'attentat 73

Chapitre VIII
À la recherche de Julien 85

Achevé d'imprimer
sur les presses de Litho Acme Inc.